KB142335

清音속에서 글을 캐다

淸音속에서 글을 캐다

2024년 5월 20일 제 1판 인쇄 발행

지 은 이 ㅣ 풍주만
펴 낸 이 ㅣ 박종래
펴 낸 곳 ㅣ 도서출판 명성서림

등록번호 ㅣ 301-2014-013
주   소 ㅣ 04625 서울시 중구 필동로 6(2층·3층)
대표전화 ㅣ 02)2277-2800
팩   스 ㅣ 02)2277-8945
이 메 일 ㅣ ms8944@chol.com

값 10,000원
ISBN 979-11-93543-85-6

淸音속에서 글을 캐다

生中遺名

살아 있는 동안에
이름을 남겨라

풍주만 시집

도서출판 명성서림

시인의 말

그대 기억하나요
앙증맞은 아가 손 닮은 단풍잎이
소슬바람 타고 내려오던
시월의 공원벤치를...

그대를 처음 본 순간
빠알간 사과처럼
상기된 얼굴, 쑥스러운 마음에
수줍어 하던 그날을...

말없이 건네주던 펜과 노트를,
사랑한다 고백하지 못한 것을,
이제는 알 것 같아요.

그대에게 용기로 다가설 수 있는 나를...

2

미루나무 그늘 아래서

3

가을 향기 그윽한 곳에

4

겨울 풍경 속으로

5

고향 마을엔 참새들이 지저귀고

1

봄 꽃 향기에 취해

우공님, 감사합니다

학수고대鶴首苦待 긴 세월
황량荒涼한 피부皮膚는
용의 비늘龍鱗이요 거북의 등龜背이라

갈증渴症에 목 마르던
사월 어느날에

커튼을 살그머니 열어 젖히니
먹구름, 자주구름 사이로
환한 웃음 지으시며
우공雨公께서 내려 오신다

옥수玉水를 공손恭遜히 받아든 죽림은
우공께 감사感謝의 기도祈禱를 올린다

※ 피부(皮膚) - 대지, 땅

※ 죽림(竹林) - 대나무 숲

※ 우공(雨公) - '비'의 존칭

강변에서의 사색

요염妖艶한 자태를 뽐내며
바람이 불어 온다
실버들이 춤을 춘다

명사십리 백사장엔 신혼여행 온
물새 두 쌍이 한가로이 노닐고
물길따라 너른 자갈밭엔
처얼썩 처얼썩 물결이 노크를 한다

새 하얀 포말泡沫들이
허공에서 꽃 망울을 터뜨린다

마알간 여울속엔 수석壽石들이
달강 달강 화음소리를 낸다
쉬리 떼가 춤을 춘다.

수면 위로 은빛 옥구슬이 주렁주렁 열리고
땅거미 내려 앉은 돌밭엔
배낭 둘러 맨 나그네

어둠이 깊어가는 줄 모르고
돌 들을 유심히 응시하고 (후략)

열정의 꽃을 피우라고

이른 아침
어느 봄 날
천상에서 옥구슬이
살포시 내려 앉아
옹알옹알이며
청아한 화음소리를 낸다

사랑과 이별
기쁨과 슬픔
고독의 다섯 빛깔들이
뇌리腦裡에
주저리 주저리 열린다

혈관血管속 응고된
혈액血液을 자극한다
혈류가 왕성해지고
가슴속에서 새싹들이 돋아난다

무기력無氣力한 나를 일깨운다
어서 일어나
장미꽃 보다 화려하고
양귀비 꽃 보다 더 붉은
열정의 꽃을 피우라고……

※ 옥구슬 – 아침 이슬

※ 새싹 – 의지, 신념

노총각과 여인의 누드석

도담삼봉 놀잇배 지나간 자리
흰 구름 뭉실뭉실 피어난다.

밀려오는 물결 따라
자갈 밭 물 씻김에

살포시 고개 내민
여인女人의 누드석 한 점

노총각老總角과 인연因緣되니
천생연분天生緣分따로 있더라

※ 흰 구름 - 포말(泡沫)

16

내 입술은 햇님이 훔쳐 가고

살랑살랑 봄바람이
꽃 향기를 한 아름 안고
마 알간 창문으로 나풀나풀 날아 든다

따사로운 햇님이
방 안으로 한 발, 두 발, 들여 놓고
그리다만 작품 감상 하시더니

살금살금 다가와
달 덩이처럼 환한 내 얼굴 어루만지시며
발그레한 내 입술에 입을 맞춘다

황홀恍惚함과 짜릿함이
밀물처럼 밀려 온다

한참 동안이나……

내 고향에 가고 싶다

내 고향 그 곳에는
소꿉놀이 친구親舊들과
딱지치기, 자치기, 술래잡기 하던
아련한 옛 추억追憶이 있다

강변 백사장을 운동장 삼아
공차기를 할 때면
미류나무 무대삼아 초대가수 말매미는
선 고운 목소리로 애창곡을 부른다
응원을 해준다

과수원길 따라 곱게 핀 아카시아꽃은
향긋한 공기청정기 되고
비단을 펼쳐 놓은 푸른 강물에
삼봉이 하늘 향해 솟아 나고

천인단애千仞斷崖에는 석문이 뚫려
떠 오르는 초승달 형상을 하고 (중략)

은하수 별빛이 쏟아져
초승달 속으로 흘러 내려
강물에 비치는 곳
내 고향

황사는 심술쟁이

북쪽 천 오백 킬로 아득한 몽골제국에 사는
황사黃沙 녀석이 무비자, 무항공권으로
출국심사, 출국수속도 받지 않고
뻔뻔하게 사막공항에 슬그머니 한 발, 두 발 들여 놓고
(중략)
한국 행선지 봄바람기에 탑승하여
한반도韓半島 상공을 비행하다
육신을 산화하니 온 세상이 희뿌옇다

하늘도
산들도
우리네 사는 곳도

남녀노소男女老少 모두 호흡기 질환 공포에
마스크 착용하고 우울한 나날을 보내고 있다

추운 날엔 비활동
더운 날엔 활동을 하는
이중 인격자다

그래서 황사는 변덕쟁이요, 심술쟁이다

공상

방에 누워 멍한눈으로 천장을 쳐다 본다
온갖 잡념雜念들이
뇌리腦裡를 스치고 지나간다.

무상無常을 휘감아 도는 춘풍春風에
뜰 앞 죽림竹林은 살금 살금 다가와
발코니 창에 묵죽도墨竹圖를 그린다.

심란心亂한 마음 가눌 길 없어
문 밖을 서성이다 호숫가에 나와 보니
실버들이 윙크하며 사랑을 고백告白한다

돌멩이 하나 들어 수면위로 던져 본다
'퐁당'소리에 하늘이 일렁이고
구름들이 파도를 탄다

곪아터진 육신肉身에
환희歡喜의 물결이 요동 친다.

어머니와 감꽃

유년시절幼年時節
고향 집 뒤 뜰 장독대 옆엔
연로하신 감나무柿木부인이 산다

해마다每年 다산多産이 좋아
노란꽃들이 주렁주렁 열리고

연고緣故를 알 수 없는
꿀벌들이 찾아와 이리 저리 윙윙대더니
그 향기에 취해, 미모美貌에 취해

떨어진 노란꽃 무명실 꿰어
목걸이, 반지 만들어 주시던 어머니

누이 하나,
나   하나,

꽃 하나의 추억追憶과
꽃 하나의 사랑愛과
꽃 하나의 모정母情이 싹 튼다

호롱불 끄고 아랫목에 누우면

노란꽃들이

방안에 등불을 켠다.

봄은 소리없이 오네

엄동설한을 고난苦難과 역경逆境으로 이겨내고
그윽한 향기香氣를 피워낸 매화꽃
보름달처럼 환한 얼굴 미소微笑지으며
피어난 노오란 산수유꽃

심산유곡深山幽谷 청아淸雅한 물소리는
경쾌輕快한 리듬을 타고
산천어 동문同門들은
박자拍子에 맞춰
수중발레 대회를 연다.

관중석觀衆席에 앉아 있는
갯바위의 환호와 갈채소리 뜨겁다

명당明堂 양지 바른 저택邸宅에는
이 고을 터줏대감 반달이가
화려한 장밋빛 꿈을 움트며

졸졸졸 자장가 소리 벗을 삼아
"드르렁, 드르렁"콧노래 부르는 2월······

※ 반달이 - 반달 가슴곰

봄 꽃

봄바람이 살랑이며
옷자락을 애무愛撫하니
꽃샘추위가 시샘을 한다.

넘실대는 강바람에
갈대들이 파도波濤를 탄다.

산과들엔
노랑, 분홍, 하얀색의 꽃망울이
요염妖艶한 자태姿態를
뽐낸다.

우아優雅하고 고혹蠱惑적인 입술
앵두櫻같은 입술로
잔잔孱孱한 사내 가슴에
사랑의 모닥불 피워 낼 때

질투嫉妬하던 비바람이
우리 사랑 훔치고
저- 멀리 (중략)
저- 머얼리……

춘우

저-어멀리애서
봄바람이 살랑-살랑 춤을 추며
내게로 다가 온다

옷깃을 파고들어 움추러든 육신을 애무한다
무채색 하늘에선
봄비春雨가 살금-살금
황량한 대지大地에
사뿐이 내려 앉는다.

동면冬眠하던 종자種子들이
여기, 저기에서 파아란 새싹이
안테나처럼 밀어 올린다

암흑暗黑세계의 고통과 절망
이루 말할 순 없겠지만
그대의 희망希望과 용기勇氣로
안테나 꼭대기에 화사한 꽃 피워 주렴…

사랑한다 봄비야!
사랑한다 봄비야!

꽃 피는 사월

추적추적~내리는 봄비春雨에
침묵沈默하며 동면冬眠하던
온갖 수목樹木들이
기지개를 편다.

새싹이 돋아나니 각양각색의
꽃들이 피어 난다.
산수유꽃, 개나리꽃, 복숭아꽃, 살구꽃

해가 뜨면 꽃향기에 취하고
달이 뜨면 달빛에 취해봅니다.
별이 뜨면 은하수 별빛따라,
물빛에 젖어듭니다.

꽃 향기 그윽한 사월
사랑하는 당신이 있어
온세상이 아름다워요

사랑에 빠진 봄바람

경칩驚蟄이 보름이나 지났는데
무채색無彩色 하늘에선
뜯어놓은 새하얀 솜 조각들이
온 누리를 순백純白으로
수놓았네

싸늘한 봄바람春風이
내게로 달려와
시린 손 애무愛撫하며
(귓속말로) 스키장 가자 하네.

난생처음 받아 보는
봄바람의 propose에
노총각老總角의 얼굴은
앵두櫻보다 더 빠알갛게
익어 가고 있었네.

꽃 향기에 취해 1

바람마저 졸고 있는
가로수 길을 따라

벚꽃들이 미소를 지을때면
꿀벌들이 날아와

살포시 내려 앉아
꽃가루를 묻히더니

나도 몰래
꽃가루를 훔쳐

누가 볼 까
줄행랑 치고...

꽃 향기에 취해 2

바람 내음 솔솔
머언 발치 참새 친구

살구꽃 향기에 이끌려
꽃 향기 맡으러

종종걸음 다가와
꽃 향기를 맡아 보다

나도 몰래
꽃 향기에 취해

드르덩 드르렁
잠이 들고...

2

미루나무 그늘 아래서

심야의 약탈자

별도 달도 두려워 숨어버린
칠흑같이 어두운 밤

밤새도록 으르렁 으르렁
태산太山을 울려 댄다

암흑의 시간속에 혼입된
적막마저 흐느껴 울지 못하고
예리한 두 눈 불 밝히며
사방팔방四方八方 비추어 본다

모든 동물 숨죽이니
범도 숨 죽인다

잠을 이룰 수 없던 밤
약탈자는
새벽을 불러 놓고
뭉실뭉실 피어나는
안개꽃 속으로 들어 가고⋯⋯

※ 주(註) : 약탈자 - 늑대

해바라기 그림

안방 침대 맞은 편에
걸어 놓은 캔버스 속
노오란 햇님

어둠이 내려 앉고
고독이 몸부림치는
깊은 밤이오면

언제나 그러하듯
시선視線을 고정固定한 채
화사華奢한 표정으로
나를 지켜 보고 있다

잠자리에 들었는지 !
명상瞑想에 잠겼는지 !
뒤척이고 있는지 !

어젯 밤에도
오늘 밤에도

난공불락의 저수성

신神께서 주신 축복의 땅
때로는 섬
때로는 육지가 되는 천혜天慧의 땅

동쪽으로는 소백산小白山
서쪽으로는 금수산錦繡山이
감싸 안은 명당明堂터 시루섬甑島

명사십리明沙十里 백사장엔
학이 한가로이 날던 곳…

봄이면 진달래꽃 만발하고
비단을 펼쳐 놓은 푸른강에
경치 빼어나던

팔월 십구일에
포고捕告 없이 남침한 점령군은
상진수성上津水城을 함락
저수성貯水城 공략에 나서나

대항군對抗軍의 끈질긴 저력으로

저수성을 지켜 내고.

(후략)

※ 점령군 – 폭우

※ 상진수성 – 상진대교

※ 저수성 – 물탱크

※ 대항군 – 시루섬 주민

관통석

넘실대는 파도가 한 겹, 두 겹
갯바위를 훑고 지난 자리
백만 송이 백매화가 피어 난다

솔 숲, 은 모래, 자갈밭에선
자갈들이 "자르르"
감미로운 선율을 탄다

풍마우세風磨雨洗 거친 파도에
시달려 온 오랜 세월

흐느껴 우는 빗소리 들으며
뒤 따라 나선 삼덕항 모퉁이에서
인연因緣이 된 관통석 한 점

오고 가는 여객선 마저 쌍고동 울리며
축하祝賀의 메시지를 보내준다

수석인壽石人의 가슴을

'콩닥 콩닥' 오래도록 뛰게 하는 듯…

(후략)

※ 백매화 – 흰 포말

※ 삼덕항 – 경남 통영시 산양읍

※ 풍마우세 – 바람에 갈리고 빗물에 씻김

용상건설 중기 공업사엔 열정의 꽃이 핀다

살모사처럼 독기 품는
오후午後 세시
용상건설 중기 공업사엔
작업장에서 상해傷害 입은
육중한 체구들이 여기, 저기 서 있다

고향이 어디냐?
어디서 왔느냐?
물어도 답없는 무심한 사내처럼 그렇게…

균열가고 파손되고 낡아 빠진 부품 사이로
인생무상 세월의 흔적들이 남아있다

그도 예전에는
리비아 건설 현장에서 조국 근대화의 선봉장으로
국위선양國威宣揚의 기수로써
대한민국의 명예를 걸고 살아온 기술인

산전수전 다 겪고 도착한 내 인생 마지막 종점
용상건설 중기 공업사 사장

오늘도 구슬 땀 흘리며 무쇠 팔뚝이
강력한 해머질을 해댄다

그리고
그의 손에 쥐어진 용접봉鎔接棒 이
현란한 춤을 추며 매직쇼를 펼친다

내일의 장밋빛 화려한 꿈 움트며
아침 안개 몽실몽실 피어나는
단양로를 달리고 있다

※ 육중한 체구 – 중장비

호 수 석

인고의 세월 감내하며
검은 질감, 선 고운 매끈한 몸매
바람에 갈리며 빗물에 씻겨
마알간 광택, 호젓한 평원에
호수 하나 만들어 놓았네

초록 빛 여름 날
천상天上에서 감로수甘露水내려 앉고
태양이 독기毒氣품는 오후 나절이면
석전石田에서 놀던 물새
하나, 둘 아장아장 걸어와
멱을 감고 물장구치며
사색思素에 젖어 든다
유년 시절 회상回想이라도 하듯……

※ 호수 – 물고임
※ 감로수 – 단비
※ 석전 – 돌 밭

40

모정과 부정

엄마 새와 아빠 새가
한시라도 쉬지 않고
나뭇가지 둥지 위를
온종일 들락날락

다섯 마리의 새끼들에게
먹을 것을 물어다 준다

부리가 닳고
발이 부르트도록

너희 들도
어른이 되면 엄마, 아빠처럼
똑같이 새끼들을 돌보며 기를테지

날개깃이 부러지고
육신이 찢겨진다 해도 (중략)

그리고
모정母情과 부정父情의
썩이 틀테지

도담삼봉의 여름나기

녹색 파랑 너울 너울
춤추는 도담강에
우뚝 선 세 봉우리가
하반신을 담그고
물속에서 온 종일
나올 줄 모른다

윗 봉우리는 처봉
중앙 봉우리는 남편봉
아랫 봉우리는 첩봉이라

주색 잡기 남편 놈
젊은 첩년과 애정행각 벌이는데

목불인견 아내는 아들을 끌어 안고
두 볼에 흐르는 옥구슬을 훔쳐 댄다

무심한 강바람에
파도가 처얼썩 처얼썩
화음소리를 내며
강약을 조절한다

크고 작은 꽃들이
갯바위에 피어 나고
파도는 부드러운 손으로
냉찜질을 시작한다

※ 註(주) - 꽃 : 포말
　　　　　목불인견 : 차마 눈 뜨고 볼 수 없는 행태
　　　　　파랑 : 물결

하루살이

강바닥을 전세내어 유충으로 3년살다
녹음방초 6월되니 계약기간 만료되어
낡은옷을 탈의하고 날개깃을 점검한다

수천만의 자웅들이 수면위를 비상하고
총각귀신 면하려고 배필찾아 동분서주
처녀만나 결혼하여 짧은생애 마감하네

잉태를한 아내들도 강상류로 비상하다
황혼물든 푸른강에 투신하여 산란하고
네시간의 짧은인생 부창부수 길을간다

탐욕비리 인간세상 그언제쯤 사라질까
단하루를 살더라도 청렴하고 결백하게
좋은세상 후손낳아 대대손손 이어가세

※ 자웅 (雌雄) - 암컷, 수컷

고독

백주白晝에 용광로 쇳물처럼
벌겋게 달아오른 둥근 불덩이는
이별이 아쉬워 돌아보며 또 돌아보며
두 볼에 흘러내리는 눈물을 훔치고 (중략)

노루목 고개 노루는 무슨 사연 있길래
달빛에 숨어 그리도 구슬프게 우는지 (중략)

세상사 모든 근심 걱정 한 아름 안고 와
도담강에 던지려 이향정離鄕亭 올랐건만

너의 애절한 울음소리 듣노라니
짝 잃은 네 심정心情 너와 같아라

※ 노루목 고개 : 단양읍 도담리와 별곡리 사이에 넘나들던 옛 고개
※ 이향정 : 단양읍 도담리와 별곡리 사이에 자리한 정자

추락한 내 인생에도 탈출구는 있다

베란다 발코니 안에선
주룩주룩 비가 내린다

눈물이 흐르고
슬픔이 흘러 내린다

사흘 전에도 흠뻑 내리더니…

우울憂鬱한 날
심란心亂한 마음 가눌길 없어
세탁기 카버를 열어 원형통에
내 육신을 맡긴다

우우우웅-처얼석, 우우우웅처얼썩
소용돌이 치고 파랑波浪이 몰아친다

밀폐密閉된 암흑세계와의 사투死鬪
젖은 몸 가라 앉아 기력조차 없다

그래도 정신일도 하사불성 아닌가!
자신의 부력浮力으로 떠올라
내 인생의 화려한 삶의 꽃을 피우겠지

태풍이 몰아치고 폭우가 쏟아져도
내 의지意志 꿋꿋하게 목적지를 향하여
항해航海할 것이라고…

※ 파랑(波浪) - 파도, 물결

부모님 아직 안 오시네

팔십 년 칠월 스무 아흐렛 날
아버지께서는 새참과 점심을
조가밭 지게에 살포시 올려 놓으시고
산여골 작은 밭 가던 길에
당산나무 앞에 멈춰 서서
우리 가족의 무사안녕을 기원하신다

어머니께서는 보자기에 마늘 몇 접을
정성 들여 묶어 읍내에 있는 시장에 가신다

용광로처럼 달아 오른 칠월의 대지 위에
발그레한 얼굴로 독기 품던 태양
산마루 위에 잠시 머물더니
노을속으로 숨어 버린지 이미 오래

나는 쌀을 씻어 밥솥에 넣어 두고 (중략)
불려 놓은 미역의 물기를 떨어내어
후라이팬에 들기름을 두르고 약불에 볶아 낸다
그리고 쌀뜨물에 미역과 북어채를 넣어
미역국 끓여 놓고 아무리 기다려도
안 오시네

우리집 강아지 가슴앓이하며 꼬리 흔드는
반가운 그 소리
안 들려 오네

이웃에서 삶아 낸 고소한 옥수수 내음
밤 하늘에 울려 퍼지고
반딧불이 나폴나폴 춤을 추는
깊어 가는 칠월
내 젊은 날의 화성이여 !

백두대간에서 우리의 미래를

온 산에 웨딩드레스 입혀 놓고 하늘에서 내려 오신 백설이
눈이 시리도록 눈부신 햇살에 눈보라 몰아쳐도
대지속에서 침묵沈默하던 갖가지 생명체가
우리네 발 아래서 꿈틀꿈틀 거린다 (중략)

비장悲壯한 결의決意로 동장군冬將軍 물리치고
다시 일어서는 숲의 기개氣槪를
고독孤獨과 분투奮鬪하는 나무들의 투지鬪志를
겨울 잠을 자고 있는 동물들의 숨소리를 (중략)

우리는 언제나 먼저 안다
낙엽이 물들거나 흰 눈이 내리면
보석처럼 찬란한 햇살이 온 산에 넘쳐나면
사랑의 발자국 콕콕 찍으며 오르고 내리고....

숲에서 우리는 꿈을 키우고
우리는 희망의 숲에서 미래를 열지

백두에서 한라까지 백두대간白頭大幹이라는
척추뼈에 기대어 살아온 5천년 백의민족白衣民族
우리 모두의 고향故鄕이요, 삶의 터전이다
사랑과 정성으로 보듬고 가꾸어
대대손손代代孫孫 그들도 자연의 품에서 살고
호랑이, 표범, 늑대 그들도 자연의 품으로 돌아오게
우리의 헌신獻身과 노력努力이 필요할테지....

아버지의 알 수 없는 마음

나이 오십 넘어 낳은 늦둥이 막내
귀엽고 예쁜데
고집이 세다. 말 안 듣는다.
막내 없으면 속이 후련하다 하시네.

무더운 여름 어느 날 2박3일
강릉여행을 갔다

공중전화부스에서
'동전 몇 닢' 넣고
0444-422-2180 번호로 통화를 했더니
우리 막내 없으니 심심하다 하시며
빨리 오라 하시네

아버지의 지극한 사랑
막내아들의 공경하는 사랑
하루빨리 보고 싶어
들뜬 마음으로 첫 버스를 탄다

변덕이 '죽'끓듯해
감 잡을 수 없는
아버지의 마음.

향우회

아무리 세월이 흘러가도
난, 고향을 그리워하고
고향 사람들을 사랑하는
그런 사람들이 있어
참 좋다.
정말 좋다.....

반평생 살아오면서
땀과 체취가 풍겨나는 안방, 사랑방,
그리고 정든 기와집
이웃사람들과 옹기종기 모여 앉아
오순도순 이야기 꽃 피우며
나누어 먹던 음식들.....
수마水魔가 할퀴고 지나간 오랜 세월
옛 기와집은 온대간대
몇 그루 노목老木과 마을 주민만이
그날의 아픔을 기억할 뿐.....

생각이 아닌데도

품어보고 싶은 건

동경憧憬과 애석哀惜 그리고 그리움 뿐

이제는 고향을 사랑하는 사람

모두 돌아와

어머니 품속같은 따뜻한 사람들이 사는

그곳에서

추억追憶과 그리움을 한 아름 안고 가시게~

매미의 삶

암, 숫牝牡 매미 사랑으로 목피주택 산란産卵하여
일 년 기간 전세계약 굼벵이地蠶 로 태어나서
땅속에서 십여 년을 목근수액 연명延命하여

인고忍苦의 세월 종지부終止符 야심한 밤 나무에 올라
반나절을 탈피脫皮하여 온종일을 부동자세不動姿勢
비상을 위한 체력단련 천적天敵올까 노심초사勞心焦思

수컷매미 울음소리 소음공해騷音公害 주범이라
적반하장賊反荷杖 유분수지 관공서官公署가 원인제공
현란絢爛한 도심 불빛 매미들도 불면증不眠症

수컷매미 굉음轟音소리 배필配匹찾는 구혼신호
암컷만나 백년가약百年佳約 총각總角신세 딱지떼고
한 달의 삶 백년보다 청렴결백淸廉潔白 살다가네

3

가을 향기 그윽한 곳에

고향 생각

삶이 고독孤獨의 늪에서 소용돌이 칠 때
고향을 그리워하며 향수에 젖어 든다.

솔향기, 풀 내음, 구비진 오솔길 따라
애달픈 사연 안고 홀로 핀 들국화는
사랑에 목이매어 구슬프게 우나보다

오르다 지칠때면 산여골 범바위에
삶의 등짐 내려 놓고
천 길 낭떠러지에 서서
강물을 내려다 본다.

불러도 대답없는 도도滔滔한 여인처럼
강물은 그렇게 흘러만 간다

곪아터진 내 육신肉身에
상처傷處들은
가슴 속 깊이 패인 계곡을 따라
살포시 흘러 내린다

마알간 여울 물속엔 찬란한 보석들이 "달그락, 달그락"
앙증 맞은 손에 쥐어진 유아의 장난감 소리 같아라

먹이 경쟁을 하며 역영을 하는 쏘가리 떼의 질주疾走

아득한 백사장에 족적足蹟을 남기고 떠난 물새들
이름모를 소녀가 그려놓은 자화自畵들

모래성 쌓던 어린 시절
보고픈 마음 한이 되어 쪽방속에 갇히고
마을은 폐허廢墟된 채 오래고

빈 집터에는 백발이 된 살구나무만 홀로 우네

까치 신부와 감 신랑

토담을 전세傳貰로 사는 호박 줄기에는
사마귀가 미동未動도 없이
주위를 응시하고 있다

노란 호박 꽃마다 벌들이 윙윙대며 꽃가루를
한 아름씩 안고 어디론가 가버리고

웅덩이엔 만찬회 가려고 참새가 목욕을 하고
그 옆에는 구십九十 넘는
시목공柿木公 부부가 산다

금슬琴瑟이 좋아
해마다 자녀子女가 주렁주렁
허리가 휘어져도 손자녀 볼 생각에
웃음 꽃 핀다

열 손가락 깨물어 안 아픈 자식이 있다
모두 출가出嫁 했는데
오형제五兄弟만 노총각老總角 이라
금년今年이 가기 전에
짝伴을 찾아야 할 텐데 (중략)

짚신도 짝匹이 있다더니
정월正月 무렵에
노처녀老處女 까치는
노총각老總角 감에 반하여
사랑을 고백告白하며
이렇게 말을 했다

지금 이 나이가 어때서
결혼結婚 하기 '딱' 좋은 나인데.. 라고

※ 시목공(柿木公) - 감나무를 존칭 표현

신호위반

살랑이는 소슬바람에 붉게 물든 벚잎들이
사그락사그락 옹알이 한다

은행나무 아래로 노오란 합죽선이
투둑투둑 자장가 부르는 가을의 아침

십 오 년을 넘게 다닌 출근길
그리 바쁘지도 않은 시각
전방주시도 하지 않은 채

도로 위 오미터 상공 가로난 가지에 올빼미가 앉아서
두 눈 부릅뜨고 좌우로 깜빡이는 찰나
황색등에 뛰어들다 적색등에 적발되어

열흘 지나 배달부가 통지서를 가져왔지
신호위반 7만 원에 벌점 15점

※ 올빼미 : 신호위반 과속 단속 장비
※ 합죽선 : 노란 은행잎

단양강 농부

천고마비天高馬肥의 계절
황금들녘앤
파도波濤가 일렁인다

가을산은 색동옷으로 갈아 입고
요염妖艶한 자태姿態를 뽐내며
어서 오라 손짓을 한다

한 줄기 소슬바람 불어오니
노오란 들국화野菊는 가을 노래를 부른다

추색秋色에 취한 허수아비 덩실 덩실 춤추고
농부農夫는 한 잔 술에
풍년가豊年歌를 부른다

아버지처럼 인자仁慈하시고
어머니 품속처럼 포근한 그 곳엔
단양강 농부가 산다

고결한 들국화처럼 살아라

휘뿌연 산 안개를
살포시 걷어 내고 나선
소백산 오름길에

노오란 고깔모자
청초靑草한 초록 의상 차려 입고
배웅 나온 양반兩班가
정숙한 낭자娘子처럼…

잠시!
'험난한 세상'
'시끄러운 세상'
'비리非理가 판치는 세상'을 떠나

고결한 저 여인처럼
아무도 모르는 무릉도원으로 돌아가
이름 모를 꽃으로 고결하게 살아 가시게!
세상 사람들아……

※ 주 : 정숙(靜肅)한 낭자(娘子) : 들국화

앙상한 가을 나무

황갈색 잎들이 구절양장九折羊腸
길 위에
폭신한 양탄자를 깔아 놓고

오르막길 내리막길
한 발, 두 발 옮길 때마다
낙엽이 바스락거리며 골절상骨折傷을 입는다

태어나서 죽는 건 자연의 이치理致
왜! 이리도 구슬픈가

칠 개월의 짧은 생애,
그들만의 소유지所有地에서
기별없이 찾아오는 엄동설한嚴冬雪寒에
월동준비越冬準備가 한참인데

그래도 한 잎 두 잎 나폴나폴 내려 앉아
메이플 로드 꾸며 놓고
지나는 이들에 볼거리를 제공한다

도도한 여인네처럼 물어도 아무런 말도 없이
묵묵히 하늘을 향하고……

적성산성에 내린 가을

발그레한 가을빛이 산성을 물들인다

여름 꽃 사그라든 곳에
새하얀 억새꽃 두 팔 벌려 휘저으니
온 산이 눈 밭이라

(중략)

시간이 지날수록
앞산에 드리운 그림자가 가슴을 울리면
붉게 타오르던 노을 빛은
금수산錦繡山을 넘어
월악산月岳山으로 다가 선다

고구려와 신라의 영토 분쟁
견위수명見危授命하던 장졸將卒들
그리고 일천 오백년 세월

어스레한 밤 외롭게 핀 조각달

천인단애千仞斷崖에는

부엉이 울음소리만이 구슬프게 들려온다

육중고혼陸中孤魂 장졸들을 추모라도 하듯

※ 육중고혼 – 지상에 떠도는 외로운 넋

※ 금수산 – 충북 단양군 제천시 소재

※ 월악산 – 충북 단양군 제천시 소재

단양강 잔도

빼어난 아름다운 옷 바위에
단양강이 젖줄처럼 흘러
천 길 낭떠러지 절벽에는
나무로 엮어 만든 사다리길 나고
모든 꽃 붉게 물드는 가을이 오면
많은 손님 날마다 찾아
밤 꽃 피는 상진대교 아래엔
빈 배 만이 외로워라.

단양의 사계

봄의 철쭉꽃들의 향연
까치의 비상
전국의 나그네 불러
단양의 홍보대사 되고

신록의 여름이 오면
매미소리 청아하게 들려오고
도담삼봉 유람선
만객들로 아우성치네.

단풍 물든 가을이 오면
구경시장은 불야성
낙엽은 겨울이 두려워
양분을 흩뿌리고 떠나네.

눈 내리는 겨울이 오면
소백산은 등산객을 맞이하고
천년주목은
단양을 수호하는 해와 달이 되리.

초보운전

처음 보는 운전대
처음 잡아보는 핸들
왜! 이리 뻑뻑해
앞으로 가려
"이리 비틀, 저리 비틀"
고주망태 아저씨 발걸음 같이
물결문양文樣 그려 놓고
초짜배기 판화작품 찍어 놓았네.

핸들 놓칠까 '꽈~악' 잡으니
"이리 덜컹, 저리 덜컹"
뒷차 열차처럼 꼬리 물고
경음기 소리에 다리는 후들-후들
온 몸은 바들바들
나도 세월가면 잘할 수 있겠지
침착하게 앞만 보고 서행하자……

하늘과 맞닿은 머언 산위
오색물감을 붓으로 '몇 번' 둘러치니
화려한 수채화 되고
햇살이 고개를 끄덕여 줄 때 까지
초보운전 계속되리.

※ 화려한 수채화 – 저녁노을

가을 낭만 속으로

별도 없고 달도 없는
고독孤獨이 몸부림 치는 칠흑같은 밤에

수줍은 처녀얼굴하고서
가을비가 '토옥 토옥'
오색 물든 건반 위에
화음소리를 낸다

처량타 못해 애써 숨죽이며
슬픔의 눈물하고서…

오색五色물감 채색彩色한 건반위엔
가을이 익어간다

한 점 소슬바람이 토해낸 오색 단풍丹楓은
가는 곳 마다 감성感性로드 깔아 놓았네

오색 융단絨緞 사뿐이 즈려 밟고
떠나는 계절季節의 아쉬움을

가슴에 품고

가을 낭만浪漫 속으로 ~

※ 건반 : 지면(地面), 땅바닥

내 마음 네 곁에

나의 육신을 불태워서라도
지켜볼 수 있는
한줄기 모닥불 같이
네 곁에 머무르고 싶다.

소리없이 옷깃을 애무愛撫하는 바람처럼
너의 온기있는 가슴속에 묻히고 싶어.

너의 텅빈 마음속에
한줄기 단비가 되어 내리고 싶어.

너의 고독孤獨과 슬픔을 씻어주는
내 마음 네 곁에 머물고 싶어...

외면 外面

엇 그제 일로
난 모른 척 하고 싶었네.
자네와 난 언쟁言爭과 투쟁鬪爭으로
감정感情의 골이 깊었음을,
자네 자신이 괴로워 하고 있음을,
나에게 용서容恕라도 하고 싶다는 걸
난 자네의 표정을 읽고 직감했네.

사실 난 자네보다 고통苦痛스러웠거든
우리의 우정友情이 이것으로 끝난다면
어쩔 수 없지 아니한가.

내가 자네의 곁에서
떠나고 싶은 이유理由를,
내가 자네의 곁에서
떠나고 싶은 이 마음을,
난 외면外面할 수 밖에,
외면 할 수 밖에...

한 발짝 앞으로

그래 지금은
천고마비天高馬肥의 계절

서늘바람 이편에서 저편으로
가득히 들어 찬다.

황금 들녘 허수아비
덩실덩실 춤을 춘다.

오색 물든 단풍은 한라에서 시작하여
가을 햇살 가득 싣고
백두를 향해 간다.

하나의 삶을 본다
우리는 하나의 통일을 이어 주는
우리 모두의 희망을 꿈꾸리라.

아름다운 이 가을에
우리 모두 서두르지 말고,
토끼처럼 자만하지 말고,
거북이처럼 느리게 가더라도

한 발짝 한 발짝
소리없이 내딛으며
북녘으로...

4

겨울 풍경속으로

가로수

앙상한 견갑골 사이로 봄바람 불어와도
꽃샘추위가 질투嫉妬를 하여도
아리따운 얼굴, 예쁜 미소로
'툭툭'꽃망울을 터뜨린다

신록의 대지 위에 살모사 같은 햇살이 독기를 품어도
금슬琴瑟좋은 노년老年부부 휘어진 등 맞 절 하듯
풀 향기 녹색터널 구중궁궐九重宮闕지어 놓고
더위에 지친 이들에 녹색쉼터를 제공提供한다.

오색물감 붓질한 플라타너스는
화려한 모델이 되고
한 점 소슬바람이 낙엽비를 부르니
메이플로드, 실크로드 깔아 놓아
오색五色융단 밟으며
가을 단상속으로 빠져든다

온갖 고난과 역경 그리고 북풍한설北風寒雪에도
아랑곳 하지 않고 살아온 너
오랜 세월처럼 비쳐진 마알간 창으로
새하얀 눈꽃송이 바람에 나부낀다

모진 세상과 함께 희노애락喜怒愛樂하다가
도도한 여인처럼 묵묵히 하늘로 향한다.

※ 너 – 가로수

※ 오색물감 – 갖가지 단풍

자각

그간
내가 어떻게 살아 왔는지
무엇을 하고 살아 왔는지
나는 몰랐다

지금까지 허망한 꿈을 꾸다가
이제 막 깨어 났다 (중략)

용광로 같은 가슴속에서
혈관들이 요동을 친다
혈액이 왕성해 진다
내 생명이 대지를 박차고
불끈 일어 선다

내게는 해야 할 일들이 많다
생계의 삶, 시인으로의 삶, 화가로써의 삶
그것

나의 모든 재능과 열정을 국가에 선물하자
그리하면 문화와 예술을 꽃 피는 국가가 될 것이고
더 나아가 문화와 예술을 세계속에 꽃 피워
문화, 예술 최강국이 되는 그날이
내 가까이 살금살금 오고 있다……

회고시 이 충무공

장엄한 노을 빛은 남해 바다를 물들인다
일자진一字陣, 학익진鶴翼陣전술에
충무공의 호령소리 우뢰치듯 들려 온다

창공에 요동치는 북소리, 곡 나팔소리는
장수와 군중에게 호기呼氣로 다가선다

거북선에선 화포들이
굉음을 토해내며
휘뿌연 연기를 내뿜는다
왜선倭船은 수 백척 파괴되고
초 저녁 밤 바다는
불타는 왜선으로 가득하다

용맹한 해군海軍 웅혼한 기상에
찬사讚辭를 보내노라
멈춰 서지 않는 불굴의 투혼으로
정충보국貞忠報國하며 살아온 영웅이여 !

왜군과의 7년 전쟁

난공불락難攻不落의 23전 전승

세계世界해전사에 영원히 빛날 성웅聖雄이여 !

영고성쇠榮枯盛衰의 긴 세월

유성流星처럼 스쳐가 버린 무상함이여 !

그날의 상흔傷痕을 아는지 모르는지

남해 바다는 평화롭기만 한데

대양에 떠오르는 저 붉은 태양이 있는 한

영원히 가슴속에 기억하리

그 이름 석 자……

이제 배워 뭐 할려고

이보오! 할멈
이제 공부해서 뭐 할려고
이제 공부해서 어디 쓰려고
다 늙어 빠져 ~

학교에 가면 밥이 나오냐, 떡이 나오냐
할아버지의 야속한 타박에
학교만 쳐다 봐도
한恨 맺혀 눈물이 났다 (중략)

읍사무소 앞에 가지런히 걸려 있는
어르신 한글교실 현수막을 보고 돌아왔다
다음 날 한글교실 현수막을 보고 돌아왔다
다음 날 한글교실 문고리를 부여 잡고
열 번을 망설이다 한 번 용기내어 교실에 들어갔다

팔십 넘어 한글 배워
책도 읽고 글씨도 쓰니
이제 죽어도 한이 없으련만 ~

내일 손자 녀석에게 삐뚤삐뚤 글시라도
할머니의 정성을 담아 편지를 쓸 생각이다
오늘 밤 잠이 오지 않아도 좋으련만…

아버지의 빈 지게

허공虛空에서 애잔哀屛하게 울던 바람
그냥 가지 않고 마당 위를 서성이다
사랑채 아래 졸고 있는
아버지의 빈 지게를 내려다 본다

아버지 가버린 세월
삽십년

아주 가시지 않고 뒤 돌아보며
가을 옷 갈아 입은 바람결에 실려
내 귓전에 머물기를 수 십 번

장애의 몸 내색 않으시고
바다 같은 논, 밭 일에
육신은 곪아 터지고 손, 발은 쩍-쩍
갈라지신 아버지

땅거미 살금살금 내려 앉아
대청마루에 길게 누울때면

앞산 위에 빨갛게 타오르던 불꽃은
현란絢爛한 석양화를 그려 준다

어스르한 밤
은하수銀河水 별빛 쏟아져
강물에 흐를때면
아버지의 향기가
파릇파릇 솟아나
오래도록 머문다

지게 하나,
다래끼 하나,
짚신 한 켤레, 남겨 두고
말없이 훌쩍 떠나신 아버지

고독孤獨과 슬픔悲哀
기다림과 그리움에 사무쳐

오늘도 아버지의 빈 지게는
눈물이 비가되어 두 뺨 위에 흐르네

멸치의 일생

본적 태평양시 심해군 암초면에서 출생
주소 경남 통영시 용남면 앞바다
성명 나 멸치

산호초 군락지 여행중 덫에 걸려 들어
몇 번 탈출을 시도하다 선원에게 체포되어 (중략)

법정에서 선장이
증형과 건형을 선고
선원에게 증형과 건형을 당한다
(중략)
호송차에 실려 공장으로 이송, 용기에 포장
(중략)

낯선 이의 주방에서 간장, 기름, 고추장, 설탕과 함께
후라이 팬에서 달달 볶여
밥 한 공기 멸치볶음 한 접시 식탁에 올려져
입 속에서 정의롭게 최후를 맞는다

초라하고 연약한 목숨, 짧은 생애, 먹이사슬의 최약자지만
그들의 단순한 삶이 갖은 비리에 젖어 있는
인간의 삶보다 훨씬 위대하다

멸치들의 삶이 자유롭고 평화로운 세상을
간절히 기원해 본다
멸치들이여!

※ 증형, 건형 – 찌고 말리는 형벌

아궁이

우리집 처마 밑엔 고드름이 일렬횡대
예리한 창날처럼 아래로 솟고
창 밖에는 흰 눈이 소복소복 한대
강아지는 미치광이처럼 흰 소금 밭을 이리 저리 뛰네!

매화나무에는 참새떼 먹이 달라 보채고
장작불 무쇠솥에 고구마 넣어 두고
아궁이 앞에 앉아 있는 죽마고우 얼굴들이
불빛에 환히 비쳐 불그스레하다.

상기, 병주, 순옥이 그리고 옥희의 얼굴
모두 다 반가운 얼굴들
아련한 옛 이야기 한 바구니 쏟아 낼 때
고구마 익어가는 향기에
시간 가는 줄 모르고……

※ 소금 밭 : 눈 밭

자동차

사륜 자동차 하얀 솜사탕 소복소복
칼바람 살구나무 다섯손가락 흔들고
한파에 부들부들 고독함이 밀려온다
어두운 골목길엔 터줏대감 고양이와
밤 부엉이 경광등에 뭇 동물 온대간대
독기 품어 시린 가슴 모닥불 꽃 피우리

※ 솜사탕 – 폭설
※ 다섯손가락 – 나뭇가지
※ 밤 부엉이 – 경찰관
※ 뭇 동물 – 범죄자, 약탈자

돋 보 기

테이블 위에 가지런히 놓인
돋보기 두 개
하나는 새 것
하나는 헌 것
방 안의 형광등 어둡다 못해 침침해
소설을 읽고
옥편을 보던
시를 쓸 땐
펜을 들어 고요의 백짓장을 둘러친다.
'서두르지 않고 넉넉한 마음으로'
돋보기의 다리를 잡아 귀에 걸고 눈에 맞춘다.

시간은 고요 속에 혼입되고
주룩주룩 빗소리는 영혼의 흐느낌
차마, 처량타 못해
처마 밑 '투욱 투욱'
떨어지는 빗방울은 눈물방울
소쩍새 울음보다 구슬퍼
내 옆에 곤히 잠든 개와 고양이 얼굴 보며
잠 깰까 '두근두근' 마음 졸여 돋보기를 닦는다.

집요한 추적자

바위계곡에 고독이 밀려오고
시린 가슴에 흰 눈 쌓여
굶주린 늑대 독기 품는 아침나절
미치광이처럼 동분서주 하다
누군가 응시하고 있다는 느낌을 잡아채네.

영역을 탐하는 도전자인가?
왕좌를 노리는 도전자인가?
늑대무리 하늘을 향해
태양이라도 잡아채듯
산이라도 무너뜨릴 듯
울부짖네.

바람결에 체취가 날아들 때
황갈색 검은 줄무늬임을 알아채네.
범이든 표범이든 "맹수반열에 오른 자"
누구든 오라!
우리는 "이 땅에 왕" 늑대무리.

부엉이 우는 내 고향

나 어릴 적
무덥던 여름 저녁녘
밭일 마치고 고통의 육신
전혀 내색 않네.
우리 집 또 한 친구 누렁이와 정겹게
지는 석양 품에 안고
풀벌레 소리 자장가 들려오듯
아궁이 장작불 지펴
무쇠 솥 옥수수 삶아 내시던 어머니
성하지 않은 불편한 몸
힘겹게 밭일하며 온갖 고난과 역경
땀으로 얼룩지신 아버님
반딧불 잡아 호박꽃에 넣어
불 밝히던 어린 날 추억
장독대 옆 60년생 대추나무엔
보름달 걸리고 옥수수 내 음 밤하늘 가득할 땐
부엉이 한 마리 짝 찾아
구슬피 우는 내 고향
그 시절 언제 오려나
아득한 옛날이여.

울진 가는 길에

멍하게 졸린 눈으로 새벽 잠에서 깨어
하늘 쳐다 보니 먹구름이 이네
산천은 흰 안개 자욱하게 내려 앉고
창 밖엔 비가 추적추적 내리네
비가 개이고 맑아 산들은 활기가 넘쳐나고
바닷바람은 내 옷 자락을 잡아 흔드네
모두들 모여 술잔을 기울여 가며
한잔, 또 한잔, 하세나

죽령

해마다 서너 번 죽령을 올라갔지만,
정상에 오를 때면 구름처럼 날 것 같네,
봄날 숲에는 새 어지럽게 울어대고
만사 모든 수심 한 잔 술에 털어 버리세.

고향 마을에서 한가로이 지내다

고향에서 한가롭게 지내다
고향마을에 참새들이 지저귀고 초목은 무성한데
아는 이 오지 않아 고라니, 사슴과 벗을 하며
깊은 계곡 낚싯대 드리우고 고기잡이에 흥취하다
딱따구리 구멍파는 소리에 하루가 저물어 가네.

봄 날 밭갈이는 하지 않고

닭 울음소리 들리더니 아침이 밝아오고
봄바람은 차게 불어도 매화는 만발 하였네.
농부는 취중에 잠들고 종달새는 재촉하는데
수심찬 아내는 빈 하늘 멀리만 바라보네.

5

고향 마을엔 참새들이 지저귀고

山居 산거

深麓瀑聲聞寂窈	심록폭성문적요
要傾淸水崧玉樽	요경청수숭옥준
兩人對坐肴採薇	양인대좌효채미
啼鶯一杯復一杯	제앵일배복일배

산에서 지내다

깊은 산기슭에 폭포소리 고요하게 들려
맑은 물 기울여 옥 술잔에 가득 채워
두 사람 마주앉아 고사리 안주삼아
꾀꼬리 울음소리 한잔, 또 한잔

石門 석문

白雲穿石門　　백운천석문
觀景到鷰鶪　　관경도진격
竟江寒雨裏　　경강한우리
我望不平心　　아망불평심

석문

흰 구름 아래 돌문이 뚫려 있어
경치를 즐기려 백로가 날아 왔건만
마침 강에는 찬비가 옷깃을 적셔
바라보는 내 마음도 편치 않더라.

丹陽八景 단양팔경

天下披三峰　　천하피삼봉
滔海浮魚船　　도해부어선
凉江風浪拍　　량강풍랑박
茫壁天石門　　망벽천석문
山夏加綠綠　　산하가록록
龜潭潛無變　　구담잠무변
千恨攙玉筍　　천한참옥순
茫遠雲抱空　　망원운포공
雨晴山活氣　　우청산활기
淸水回舍人　　청수회사인
上仙聽鶴鳴　　상선청학명
楓葉荏苒地　　풍엽임염지
溪邊白霧迷　　계변백무미
秋色佳中仙　　추색가중선
下仙遊神公　　하선유신공
雁飛麓深冬　　안비록심동

단양팔경

하늘아래 도담삼봉이 솟아
넓은 강에는 고깃배 떠 있어
서늘한 강바람에 물결이 몰아치고
까마득한 절벽에는 석문이 뚫려있네
산들은 여름 되어 푸르고 푸르른데
구담봉은 물에 잠겨 변함이 없고
천년 한탄 옥순봉은 하늘을 찌를 듯
아득히 먼 하늘에 구름 둥둥 떠가네.
비가 온 뒤 산들은 활기가 가득 차
맑은 시냇물 사인암을 돌아 흐르네
상선암엔 학 울음소리 들려오고
단풍잎만 하염없이 떨어지누나.
계곡에는 흰 안개 자욱히 내려 앉아
가을빛은 중선암을 아름답게 꾸며주네
하선암은 신선들의 놀이터 되어
기러기 날아가는 산기슭에 겨울이 깊어가네.

登舍人巖有感 등사인암유감

勝地登臨夏日天	승지등임하일천
舍人巖慕易東賢	사인암모역동현
芳名竹帛惟多赫	방명죽백유다혁
紀蹟丹陽永有緣	기적단양영유연
七谷雲仙天古艷	칠곡운선천고염
八方麗景四時全	팔방여경사시전
詩朋到此誰無感	시붕도차수무감
白戰場中美俗傳	백전장중미속전

사인암에 올라 감회에 젖다

여름날에 명승지에 올라서
사인암 역동선생의 어짊을 추모하네,
꽃다운 이름은 빛나지 아니하고
단야에 있는 기적 비는 인연이 닿네,
운선 칠곡은 천고의 아름다움이 되고
팔방의 아름다운 경치 사계절 그대로
시를 짓는 벗들이 이곳에 당도하여 누가감격 없으리요
한시 백일장 미풍양속 전해지기를

雪夜獨坐 설야독좌

韓屋凄風入　　한옥처풍입
梅枝白雪積　　매지백설적
梟愁暗悲啼　　효수암비제
深夜卽到晨　　심야즉도신

눈 오는 밤 홀로 앉아

한옥에 세찬 바람 문틈으로 새어들어
매화나무 가지에 흰 눈 쌓여만 가는데
근심에 찬 올빼미는 어둠속에 슬피 울고
밤은 깊은데 어서 새벽이 밝아 왔으면

不來待友 불래대우

秋風落葉夜寂嗼　　추풍낙엽야적막
空庭蟋蟀聞鳴聲　　공정실솔문명성
不來待友無消息　　불래대우무소식
孤此身誰宿食去　　고차신수숙식거

기다리는 벗 오지 않고

가을바람에 낙엽 떨어져 밤은 고요한데
빈 뜰에는 귀뚜라미 울음소리 들려오고
기다리던 벗 오지 않고 소식조차 없는데
외로운 이 몸 뉘 집에서 자고나 갈까.

忠武公金時敏將軍吟 충무공김시민장군음

吉地木川大丈夫	길지목천대장부
憂國志士再相逢	우국지사재상봉
一城踏罷矗石樓	일성답파촉석루
五將對坐南江盟	오장대좌남강맹

昏亂朝鮮求忠臣	혼란조선구충신
倭血染紅山成屍	왜혈염홍산성시
貞忠報國死壯烈	정충보국사장렬
其名三字千萬年	기명삼자천만년

충무공 김시민 장군을 읊조리다.

하늘 아래 편한 땅 목천고을 대장부 탄생하여
나라를 걱정하는 뜻 있는 사대부 다시 만나네
진주 성곽을 한 번 돌아 촉석루에 올라서서
다섯 장수 마주 앉아 남강 바라보며 맹세하네.

어지럽고 혼란한 조선 구국의 충신도 있기 마련
왜적의 피 강물을 붉게 물들이고 시체는 산을 이루네
곧은 충심 나라의 은혜에 보답코 장렬히 전사하시니
그의 이름 석 자 천만년 영원토록 빛나리.

三仙對坐 삼선대좌

獨坐翔輝樓	독좌상휘루
二編詩述作	이편시술작
星月再相逢	성월재상봉
要傾三仙樽	요경삼선준

삼선이 마주 앉아

상휘루에 홀로 앉아
두 편의 시를 지어 놓고
별과 달을 다시 만나
삼선이 술잔을 기울이네

※ 삼선 (三仙) : 별, 달, 시인 (신선)

丹陽 단양

奇巖怪石天披披　　기암괴석천피피
深谷清流自然說　　심곡청류자연설
箬人問我名勝何　　약인문아명승하
天下佳絶丹陽也　　천하가절단양야

단양

기암괴석이 하늘 향해 솟고 솟아나고
깊은 계곡 맑은 물은 자연의 소리 읊조리누나
어떤 이가 내게 명승지가 어디냐 물어오면
천하의 아름다운 절경은 단양이라고

回顧時甑島 회고시증도

吉地甑道回顧時	길지증도회고시
伴仙遺蹟自然知	반선유적자연지
一九七二八一九	일구칠이팔일구
雷電響明淋雨始	뢰전향명림우시
貯水登人黑雲中	저수등인흑운중
獸畜土室流失江	수축토실유실강
前瞻後顧茫海如	전첨후고망해여
寤寐不忘壬子年	오매불망임자년

시루섬을 회고해 보니

길지의 시루섬을 회고해 보니

신선과 짝 할 만한 유적임을 자연히 알았네

일천 구백 칠십 이년 팔월 십구일

천둥, 번개소리 크게 울리더니 장마가 시작되었네

먹구름이 이는데 저수탑엔 사람들이 오르고

기르던 동물과 흙집이 강물이 유실되었네

앞을 보고 뒤를 보아도 아득한 바다 같으니

깨어 있던 잠을 자던 잊지 못할 임자년이여

世宗 大王 세종 대왕

東方治主 有爲善　　동방치주 유위선
卓彼聖君 恩世連　　탁피성군 은세연
測雨發明 耕作地　　측우발명 경작지
集賢設置 養材天　　집현설치 양재천
正音創製 親民厚　　정음창제 친민후
易學硏磨 得福全　　이학연마 득복전
溫故知新 時又習　　온고지신 시우습
國威宣揚 日月遷　　국위선양 일월천

세종 대왕

우리나라에서 제일 훌륭한 정치를 하신 임금은
저 높으신 성군으로 그 은혜 대대로 이어졌네
측우기를 발명하여 농사를 짓게 하셨고
집현전을 설치하여 천하의 인재를 양성하셨네
한글을 창제하시어 백성을 사랑하시고
배우기를 쉽게 가르쳐서 온전한 복을 얻으셨네
옛 것을 익혀 새 것을 알며 때때로 또 익혀서,
국위를 선양하는데 날로 달로 잘 이뤄지게 하셨네

春花秋月吟 춘화추월음

春花一吐三十紅　　춘화일토삼십홍
秋月一照三十白　　추월일조삼십백

봄 꽃 가을 달을 읊조리다

봄 꽃이 한 번 피어 삼십일 붉어 있고
가을 달 한 번 비춰 삼십일 환했으면

漢陽途中 한양도중

獐公三百	장공삼백
漢陽途中	한양도중
高峰峻嶺	고봉준령
無想無心	무상무심
千仞斷崖	천인단애
淸江錦繡	청강금수
奇峰浮海	기봉부해
自我陶醉	자아도취
五里霧中	오리무중
停坐望峰	정좌망봉

한양 나들이 길에

노루공께서 삼백리
한양 나들이 길에
높은 봉 험준한 고개에 올라
아무 생각 없이 무심한 마음에
천 길 낭떠러지를 내려 보니
비단을 수 놓은 푸른강에
기이한 봉우리 강에 떠 오르니
나 자신 스스로 도취하여
오리나 되는 안개 속을 헤매다가
가던 길 멈춰 앉아 봉우리를 바라보고 있네

寡婦와鰥夫 과부와환부

寡婦米三斗　　과부미삼두
鰥夫蝨三斗　　환부슬삼두

과부와 홀아비

과부는 쌀이 서 말이고
홀아비는 이가 서 말이라.

江村閑居 강촌한거

春山樹裡雉抱卵　　춘산수이치포란
白雲江邊鷺中閑　　백운강변로중한
箬人問我安樂處　　약인문아안락처
掛月青岸草屋來　　괘월청안초옥래

강촌에서 한가로이 지내다

봄 산 나무 숲엔 꿩이 알을 품고
흰 구름 강변에는 백로가 한가로이 노니네
어떤 이가 나에게 안락한 곳 물어 오면
달이 걸릴 푸른 언덕 초옥으로 오시게.

登獐目嶺 등장목령

待雨收雲散	대우수운산
靑峰上人立	청봉상인립
海出浮遠碧	해출부원벽
日歸有餘紅	일귀유여홍
極望葦田平	극망위전평
西風一紛紜	서풍일분운
難忘島潭水	난망도담수
古稱三峰崇	고칭삼봉숭

노루목 고개에 올라

비가 개이고 구름이 흩어지길 기다리다가
푸른 산봉우리에 사람이 올라 섰네
저 멀리 강에는 푸른 물결 일렁이고
해가 돌아 가니 붉은 노을 드리웠네
멀리 평평하게 펼쳐진 갈대밭은
서쪽 바람이 불어 오니 일제히 흔들어 대네
도담리 강물은 잊으려해도 잊지를 못하겠고
도담삼봉의 드높음 예로부터 칭송했네

有人知 유인지

十年富詩作　　십년부시작
今時不誰知　　금시불수지
生中吾遺名　　생중오유명
九原有人知　　구원유인지

알아주는 이 있으리

십년 동안에 지은 시詩는 많지만
지금까지 누구도 알아 주지 않았네
살아 생전에 내 함자를 남겨 놓고
저 세상 가면 알아 주는 이 있으리

一枝梅 일지매

丹陽一枝春　　단양일지춘
驛寄朋天安　　역기붕천안

매화나무 가지 하나

단양에서 매화나무 가지 하나에 봄을 담아
멀리 천안에 있는 벗에게 그리운 마음을 보낸다

竹馬故友 죽마고우

窓外雨屛屛	창외우잔잔
鄕村再相逢	향촌재상봉
酒甕覆一杯	주옹복일배
送朋淚沾襟	송붕누첨금

옛벗

창밖에 비가 추적추적 내리면

고향 마을에서 벗을 다시 만나

술 단지 열어놓고 또 한잔하다가

벗들을 보내고 옷깃 적셔오는 눈물 어찌하리

錦仙亭 금선정

小白雨中枝水滴	소백우중지수적
淸溪水遊山川魚	청계수유산천어
松杉岩坐靑啄木	송삼암좌청탁목
錦仙佳絶夢依依	금선가절몽의의

금선정

소백산에 비 내릴 때 나뭇가지엔 물방울 맺혀

맑은 계곡 물속엔 산천어가 노닐고

소나무 삼나무 바위엔 청딱따구리 앉으니

금선정의 아름다운 절경 꿈에서도 못잊어

回顧島潭三峰 회고도담삼봉

吉地島潭回顧時	길지도담회고시
伴仙遺蹟自然知	반선유적자연지
佳人水碧歌新曲	가인수벽가신곡
騷客沙明詠妙詩	소객사명영묘시
異石通天心快活	이석통천심쾌활
奇峰浮海興生宜	기봉부해흥생의
清江錦繡名區秀	청강금수명구수
槿域觀光第一期	근역관광제일기

도담삼봉을 회고해 보니

길지의 도담삼봉을 회고해보니
신선과 짝할만한 유적지임을 자연히 알지
아름다운 사람은 푸른물을 대하며 새로운 곡조를 노래하고
입담 있는 나그네 흰 모래에 묘한 시를 읊조리누나
이상한 돌 하늘에 통한다니 마음마저 쾌활하고
기이한 봉우리 강에 뜬것 같아 흥취가 생겨나네.
비단을 펼쳐놓은 것 같은 푸른 강의 경치 빼어나니
우리나라의 관광지 중에 첫째로 기약하겠네.